KB261823

과업

과업

권혁소 시집

삶이 보이는 창

■시인의 말

　시들을 묶어 책으로 낼 때마다 마음속으로 절필을 다짐한다. 이 험악한 세상에 도대체 시가 할 수 있는 일이 무엇일까, 자괴감 때문이다. 그런데 또 만삭으로 부풀어 오른 습작노트를 보고 있노라면, 이 놈들을 어딘가로 보내긴 보내야 되는데, 조바심이 쳐지는 것이다.

　이번 시집에 실린 시의 대부분은 노동조합 전임을 하면서, 계란으로 바위를 치면서 쓴 시들이다. 하여 '단결투쟁' 머리띠를 풀기 전에 쓴 시들도 더러 있다. 앞으로도 상당 기간 이렇게 살아야 할 것이다.

　시 속으로 걸어 들어와 내게 말을 걸어준 뭇 민중들에게 못난 시집을 바친다. 조금 더 치열하게 운동에 복무할 수 있을 것 같다.
　'우경화 시대'에 돈 안 되는 시집을 묶어주신 『삶이 보이는 창』에 동지적 애정을 보낸다.

2006년 가을 문턱에서
권혁소

5부
노래, 임을 위한 행진곡

1부
마포대교 위에 눕다

봄, 황사

수령을 거부하여
되돌려 보내긴 했지만
집시법 위반으로
경고장을 받는다
전과 한 줄 또 늘었다

목련꽃 이파리
까맣게 떨어지는 봄날
황사보다 누렇게 마음이 뜬다

집시법을 위반한 선생과
아직은 그것을 모르는 아이들이
봄소풍 길, 어깨동무를 하고
노래를 불렀다
하얀 싸리꽃처럼 우리,
강변에서 흔들렸다

어제와 다르게 피어나는
아이들에게서 이 봄
노래를 배운다, 희망이다

종이는 따뜻하다

농성장의 밤
신문지를 덮으니
무릎이 따뜻해져 온다

신문 두 장 크기의
몸뚱아리 구석구석
기사는 파편으로 와 꽂히는데
편향된 청각은
나무들의 신음소리를
듣지 못한다

구호가 펄럭이는 밤
나는 누구의 아침을 여는
따뜻한 기사 한 줄이 될까

세상에서 가장 진지한 꽃

춘천에서 강촌 지나 서울로 가다 보면 당림리 마을이 있는데, 그 이쁜 마을에는 풀무원 두부 공장이랑 국수를 만드는 면 공장이 있고, 두 달 넘게 파업 중인 노동자들이 있습니다. 수없이 많은 구호들 중 '십년을 기다렸다 일요일은 쉬고 싶다'는 그 말에 목이 메는데, 연대랍시고 모은 돈 몇 푼 내려놓고 엄마 노동자들이 손수 지은, 직장이 폐쇄되어 어쩌면 천막으로 나앉아야 할지도 모를 식당에서, 따뜻한 저녁 파업밥 한 그릇 염치없이 먹었습니다. 거기, 노동자들이 줄을 서는 배식대 위 원비디 작은 화병에, 엄마 노동자들이 꽂아 두었을 이름 모를 들꽃들이 처연히 피어 있었습니다. 사무국장 박제동 아줌마의 깎은 머리는 그중 슬프도록 아름다운 꽃이었습니다. 아직 파업을 모르는 나는 언제쯤 그렇게 진지한 꽃으로 필 수 있을까요.

옥탑방 1

세상을 내려다본다
옥탑에 이르러서야
마흔넷, 하잘 것 없었던 삶을
내려다본다
이럴 때도 있구나,

엘리베이터를 타고
몇 개의 계단을 더 밟아서야
상천上天하는 세상의 소리를 듣는다

땅에 더욱 가까워져야 할 나이에 땅을
버리고 하늘 가장 가까운 곳에
짐을 풀었다, 생의 중반

고혈압 약을 먹기 시작한
내 천박한 자본주의는 언제쯤
욕심을 버릴, 수는 있을까

차 소리가, 그냥,
시끄럽다

옥탑방 2

옥탑방에서 내려다보는
석사 주공 3단지 아파트는
붉은 벽돌색 지붕을 이고
런닝샤쓰를 입은 가장들과
일회용 기저귀를 찬 아이들
그리고
맞벌이에서 돌아온 아내들을 키운다
저들 또한 '생육하고 번성' 하리라

지금은 여름
도시의 바람은 풀씨를 날려 주지 않고
중국산 애벌레 유충을 이곳
옥탑까지 실어왔다

나도 저들처럼 분주하고 싶다
나비가 될 때까지, 다시
지상의 정원에 날개를 내릴 때까지

열사들의 나라

지는 단풍나무 아래서
많은 생각을 해보지만
맺히는 생각 없다, 버리라고, 흔들지 말라고
나무들은 말한다
작은 바람에도 처연하게 제 잎을 떨구는
나무, 나무, 나무, 나무들

겨울을 이겨 봄을 살고자
나무는 잎을 버린다 떨어진 저 잎들은
이렇듯 붉게 스러져간,
죽어서야 이름이 되는, 가을의 열사들이다

나무야, 살기 위해 잎을 버리는 행위는 무모한 짓
이야. 무모한 행동을 통해 목적을 이루던 시대는 지
나갔거든. 지금은 민주주의 시대 아니던. 얼어 죽더
라도 꿋꿋하게 잎을 달고 있어야지. 그게 나무의 본
모습 아니겠니.

바보가 그런 말을 했다
그러자 나무들은 장작이 되어 타올랐다
겨울로 가는 길목, 들불이 되어 타올랐다

신풍령

무주에서 거창으로 처음 가 보는 길
오늘은 방패 대신
안개가 막아선다

여기는
백두대간의 어디쯤일까

해미읍성 老巨樹

괴목槐木, 그 꽃은 괴화槐花라 한다

보았다, 제 목을 옭아매고 있는,
천주쟁이들을 매달았던 대원군의 철사줄

신을 잃은 지 오래, 하물며
대원군의 쇄국을 잃은 것은 말할 나위 없다

쇄국은 못된 것, 국사 선생님이 그랬었다
빡빡머리에 일본식 교복을 입던 시절

들리는가 대원군이여, 목을 매다는 노동자들의 절
규가

오늘 밤 조선낫을 들고 나가
잠든 노동자들의 무덤을 파헤치는 저
매국노들을 엮어다가
해미읍성 그 노거수에 목 매달고 싶다
조선낫으로 치고 싶다

上林을 생각한다

내가 과연 시인인가, 반문하며
하늘을 가린 개서어나무 숲을
미안하게 걸었었지

숲 속에 말들이 숨어 있다고
핑계 대면서, 그 말을 찾기 위해
숲길을 걷는다고 자위하다가
만년필을 잃어버렸지 너는

다른 친구는 직업병과 싸우고 우리는
말 같지 않은 말과, '싸운다' 고 말했었지

선생이 노동자냐, 함양 군수의 취한 주둥아리가
사이버에서 개박살날 때, 최치원은
그냥 벌쭉하게 웃고 있었지, 그게
지식인이 할 수 있는 최선이므로

그 가을 상림엔
참 많은 사람들이, 앉거나 눕거나 걷거나 마시거나
그냥 그렇게,
아무렇지도 않게 있었지

얼음골 오여사네 민박에서 하루

가지산 얼음골 근처
시도 쓰고 수필도 쓰는 오여사가 민박을 치는데,
양 갈래 땋은 머리 같은 시화도 몇 점 걸려 있는데,
에라 이 이 부르주아지 같은 놈들아
늦은 장마로 불어난 개울물이 천둥을 치는데,
자넨 시적 진술이 쪼까 평이한 것 같네 잉,
세상에 여운 없는 서정시 봤나,
도대체 자네 시에서는 탱탱한 긴장감을 찾을 수
없어,
탱탱한 긴장감, 말 앞에서 말을 잃는다

말을 잃고 두 갈래 갈림길에 서서
얼음골 촌로가 몰고 가는 염소 떼를 본다
염소들은 스스로 제 길을 간다
나에게는 풍경이지만 촌로에게는 현실인
염소들의 질서, 봐라, 염소들의 엄연한 질서는
그러나 명령으로 이루어지는 그것이 아니다

한길로 나와 낙동강으로 흘러가는 밀양강을 본다
더 이상 흘러갈 곳 없는 물들이 꾸역꾸역 반란을

한다
　또한 그것이 섭리일 터, 너무 오랜 세월 물렁물렁
살아온 내가
　순리를 잊은 채, 반란을 잊은 채, 스티로폼처럼
둥둥,
　귀에 익은 반복적 명령에 순종하는 사육장의 곰처럼
　둥둥 둥둥 부른 배를 두드리며, 분노를 잊고 산다
　이쯤에서 익사시키고 싶다

마포대교 위에 눕다

딸아이가 고대하던 오늘은 빼빼로데이
아비는 삼만 노동형제들과 함께
마포다리 위에 누웠구나
삼만 개의 빼빼로가 누웠구나

이제 나를 버려 동지를 사자

서울 하늘이 눈부실 때도 있구나,
손나팔을 만들어 하늘에 소리친다
차가 멈추어 선다 기계가 멈추어 선다
그런데 아직도 노동자는 인간 이하구나

민대머리 국회의사당은 불철주야 명사지만
노동자는 언제나 동사로 산다
움직씨로 살기 위해 여기,
성수대교 옆 마포대교 위에
또다시 몸을 눕힌다

서울도 가을이구나

陳田寺址에 가다

아침 설악은 아직
안개를 붙잡고 놓아주지 않는데
나는 낙산사에 가지 않고 진전사지에 간다
낙산사에 가면 벗은 여자들이야 만날 수 있겠지만
진전사지에 가면 반듯한 삼층석탑 하나 있다니
나는 자꾸자꾸 우회전을 하여,
절은 없는 절터에 간다 나는 우익인가

도의선사道義禪師는 여기서 선종禪宗을 일으켰다지
그렇다면 여기 군대도 있었겠지
저 산 속 둔전저수지는 그 때도 쌀을 키웠겠지
남북의 경계를 허무는 병사들의 함성은
밤과 낮이 따로 없었겠지

앞은 보되 뒤는 보지 못하는,
절터는 보되 절은 찾지 못하는,
석탑에는 감탄하되 석공의 노동은 헤아리지 못하는
이 아둔함의 사진촬영,
칡꽃이 피어 있었다

돌아오는 길
나는 자꾸자꾸 좌회전을 하였다

농성

잠글 성문은 없으니까,
팔매질은 할 수 없으니까,
차마 투석은 할 수 없으니까,
대문과 현관문과 홈페이지문을 닫아버린
저 보수주의의 이마빼기에

걸개를 올리고,
플래카드를 걸고,
가죽이 찢어져라 북을 내리치고,
그것도 모자라 머리카락을 잘라 던진다

자르니 까맣게 새순이 돋는다

성희롱 예방 교육을 받다

오십 프로 여성할당제를 실시하는 전교조 일꾼 연수에서 직장 생활 20년 만에 처음으로 성희롱 예방 교육을 받았다. 비밀 많은 과거가 부끄러워 멀찍이 혼자 앉았으면서도, 내 눈은, 강사가 조금 더 예뻤으면, 하는 생각으로 못내 아쉽다.

회식자리에서 김 선생의 넓적다리 위에 취한 척 손을 올린 적 있었다.

수학여행지에서 소화제를 먹여야 할 아이에게 내 손이 약손이다, 배를 쓸어준 적 있었다.

앵콜노래방에서 박 선생과 배를 맞대고 노래 대신 춤을 춘 적 있었다.

폭설 내린 교정에서 50대 1로 축구시합을 하다가 미영이, 중3짜리 가슴에 엉겁결 손이 닿는 바람에 시합을 포기한 적 있었다.

반성이 끝나기도 전에
작은 키에 투쟁 조끼를 입은,
야물딱진 입술로 뭇 남자들을 주눅 들게 하는,
군데군데 찢어진, 그러나 유독 허벅지 근처의 구멍

이 커 보이는

　저 여자의 청바지는 성희롱을 받아 본 적 있을까,
　와중에도 나는 여자의 사생활을 상상하는 전과자
가 된다.

　누군가 나의 파렴치를 염탐하고 있었을까
　나는 그만 언 발에 오줌을 누고 말았다.
　나의 사고는 이렇듯 여자 아니면 남자다 문제는
　아직도 부끄러움을 모른다는 것이다.

2부
성명서를 쓰다

성명서를 쓰다

어쩌다 시를 쓰는 날보다 성명서를 쓰는 날이 많은
생을 살고 있다. 성명서를 쓰는 사이 훌쩍 마흔 고개
를 넘었다. 우연이든 필연이든, 굴러온 일이든 자초
한 일이든, 성명서를 쓰는 일은 또 다른 짐인데, 피
해자는 있는데 가해자는 없는 세상, 내가 대변하는
것은 무엇일까.

어떤 교장은 성추행을 했고 어떤 아이는 슬리퍼로
싸대기를 맞았고 어떤 선생은 학부모에게 발길질을
당했다. 큰 폭력이 작은 폭력을 제압한다. 그래서 오
늘도 성명서를 쓴다. 수염이 세는 나이, 그렇더라도,
그렇더라도, 성명서처럼 살아야 한다고.

씨앗은 위대하다

교육청하고 싸움싸움해서 얻은 사무실 뒤란에
하루 종일 햇볕이 잘 들지 않는 땅 한 뙈기 있어
평생 농사일로 손마디가 지겟작대기 같은 외삼촌께
놀이 삼아 뭐 심어 볼 것 없겠냐 여쭸더니
반질반질 잘 마른 봉평 찰옥수수 한 됫박 내주시며
욕심내지 말아라, 되게 심지 말아라, 소출은 손길
이다,
씨앗을 넘겨받는 하얀 손이 부끄러웠습니다

농약이나 비료를 할 만큼 많은 것도 아니어서
가뭄 심한 날 물 몇 번 날라다 주고
바람불어 넘어진 놈 지주 세워 묶어 주고
비 끝에 웃자란 풀 두어 번 뽑아 준 게 전부인데 옥
수수는
빈약한 대궁이나마 쑤욱 쑥 자라서
개꼬리를 피우고 열매를 갖기 시작했습니다
한 구덩이에 꼭 두 알씩만 심었는데
어떤 놈은 당나귀 그것처럼 튼실한 열매를 달았는
가 하면
키만 훌쩍, 내내 불임인 채 서 있기만 하는 놈도

있었습니다

　한 알의 씨앗이 땅에 떨어져 썩어야 열매를 맺는다
는 사실,
　여름성경학교 때부터 들어서 몰랐던 건 아니었는데
　옥수수를 한 솥 쪄놓고 보니 참 대단합니다 위대
한 건
　갖은 쓰레기를 묻은 땅에서도 열매를 맺은 씨앗인데
　마치 내가 무어 대단한 일이라도 한 것처럼
　애들아, 아빠가 농사지은 거다, 어깨를 으쓱거리고
도 싶었습니다

　벌초하고 돌아오는 길에 외삼촌께 들렀더니
　강냉이 농사는 잘 지었냐며 열무 씨 한 봉지 다시
내어 주시길래
　참 이상해요, 그늘진 데 사는 놈들이 어째 키가 더
커요, 하니
　그놈들이 햇볕을 받으려고 그러는 게지,
　이치를 모르는 무식한 선생에게 강펀치 한 방 날리
십니다

이왕에 선생을 하려거든 씨앗 같은 선생이 되라는
뜻이겠지요

셈하는 사람들

죽은 사람은 말이 없고 산 사람만 입이라고 말잔치
를 한다

한 무리는 둘러앉아 큰 목소리로 고스톱 점수를 셈
하고
한 무리는 안주를 축내며 교감 승진날짜를 셈하고
또 한 무리는 쓰러진 술병의 개수를 셈하고
정치인의 참모들은 넥타이를 고쳐 매며 놓인 조화
의 차례를 셈하고
울던 상주는 돌아앉아 봉투를 셈하고
아직 단식 중인 나는 대통령의 남은 임기를 셈한다

죽었던 사람이 벌떡 일어나 호통을 치며 걸어온다
휘적휘적, 한 사람의 생애가 날 선 달을 입에 물고
목을 베러 다가온다 혀를 뽑으러 달려온다
이 세상에 나를 숨길 곳 없다

학교에 가고 싶다

초등학교 6년, 중고등학교 6년, 사범대학 4년을 다니고도 무어 미련이 있다고, 다시 학교로 발령을 받아 선생이 됐지요. 남들처럼 해직당한 적 없어 학교를 떠나본 적 없는데, 노동조합 전임자로 2년째 학교를 떠나, 싸움도 없고 시비도 없고 성과도 없는 일상을 살다 보니, 그냥 학교로 돌아가고 싶어집니다. 몇 달 후면 복직이야 하겠지만, 복직을 하는구나, 생각하니 지금 당장 갔으면 하는 조급함에 쪼로록, 아이들 얼굴이 기름때로 달려옵니다.

어느 교장선생님*은 퇴임식을 대신한 고별 강론에서 44년 5개월 동안 교직 생활하면서 지은 큰 죄 세 가지를 고백하셨다지요. 민주주의 교육 못한 죄, 통일교육 제대로 못한 죄, 아이들을 입시지옥으로 내몬 죄……. 그러면서 선생님은 학급 규칙을 일방적으로 정한 것, 용의검사 해서 더럽다고 아이 기죽인 것, 운동장에서 조회하면서 아이들 줄 세운 것, 3·15 부정선거 때 소극적이지만 참여한 것, 박 정권 때 유신헌법을 찬양한 교과서로 교육한 것, 동족을 적으로 보는 6·25 노래 가르친 것, 웅변으로 글짓기로

북한을 적으로 가르친 것, 일등과 꼴찌를 발표한 것
들을 덤으로 고백하셨다지요.

애들은 또 콩알콩알 묻겠지요. 선생님 몇 살이에
요, 결혼 했어요, 선생님 애는 몇 학년이에요, 선생
님도 노동자예요……. 느닷없는 아이들의 질문이 무
서운 게 아니라 아무 것도 한 일 없이 되돌아가는 학
교의, 희망을 묻지 않는 강제적인 보충수업 할 일,
무늬만 자율인 타율학습 감독할 일, 군민 체육대회
에 응원하러 갈 일, 군교육청 장학지도를 위한 거짓
문서 만들기……, 기대는 금방 포기가 됩니다.

얼마나 더 공갈을 쳐야 멋진 선생 노릇 한 번 할 수
있을까요.

*경기도 성남시 은행초등학교에서 2002년 8월 말로 정년 퇴임한 이상선(62) 교장.

차종진 씨 입학하던 날

예순세 살, 금은세공 노동자로 살아온 차종진 씨가
중학교에 입학하던 날, 교정엔 서설이 내렸다. 열네
살 햇순들과 나란히 선 눈빛 서늘하게 맑은데, 차렷
열중쉬엇 차렷…, 사회자의 군대식 구령이 민망하
다. 어디서 날아왔을까, 철 잊은 나비 한 마리 형광
등 불빛 아래 맴을 도는데, 치아가 듬성듬성한 동무
들이 건네주는 꽃다발 한 아름 받아들고, 그 중 하나
를 담임선생님께 드리는 거라며 덥석 품에 안겨주는
늙은 중학생 차종진 씨.

입학식 끝내고 교실로 돌아와 첫 상견례를 한다.
무어라 부를까, 아이들은 동네 할아버지와 한 반 된
것이 신기하기도 어리둥절하기도 하여, 연예인 바라
보듯 꼭 그런 눈빛으로 핼금핼금 뒤돌아보는데, 그
래, 큰형님, 큰오빠, 그렇게 부르자, 큰형님! 입학을
축하합니다.

선생이 지겨울만한 때,
가난이 앗아간 세월 딛고
은백의 나이가 되어서야 중학생이 된

차종진 군의 담임이 되었다.

내일,
소주 한잔 대접해야겠다.

北川日記 1

춘삼월 내설악 골바람이,
너는 어디서 와서
이 새벽 북천교를 건너느냐고
아프게 귀를 때린다
4차선을 내달리는 자동차 소리도
이방인을 경계하던 개 짓는 소리도
사뭇 고요한 새벽 강변
졸업식을 하는 걸까 입학식을 하는 걸까
쉬이익쉬이익 잘게 흔들리며
몸을 섞는 갈대들의 웅성거림

나 다시 선생을 하러 여기 왔다

北川日記 2
— 둔지마을

나는 아직 내 사는 집의 주소를 모른다
자취집을 주소로 하여 쓸 편지도 받을 편지도 없기
때문에,
누군가에게 소상히 설명하여 방문 받을 일도 없기
때문에,
두 달째 방세를 냈으면서도 아직
혼자 사는 주인 할머니의 이름을 모른다
왜 둔지마을이라고 부르는지도 모르는 이곳에서
부끄럽지 않을 만큼만 감상적으로 살고 싶다

몇 동 몇 호 말하지 않아도
중학교 뒤 둔지마을이요, 하면 군말 없이
술 취한 입술을 집 앞까지 데려다주는 택시가 있는
마을,
누구 집에서 홰를 치는지는 몰라도 아침을 깨우는
장닭이 있는 마을,
하루 두 번 출퇴근길에 만나는 묶인 누렁이의 이름
은 모르지만
우리 서로 조금씩 친해지고 있다는 것을
눈빛을 통해 느끼고 꼬리질을 통해 확인할 수 있는

마을,
　논둑길에 솟아오르는 어린 새순들처럼
　나,
　지금,
　외로운 만큼,
　새롭다

北川日記 4
— 봄소풍

산골 마을 중학교 1학년 아이들과 버스 세 대 나누
어 타고
용인 에버랜드로 봄소풍을 갑니다
봄소풍이란 말 대신 현장체험학습이라는 말이
그 자리를 차지해 어리둥절하지만
아랑곳없다는 듯 아이들은
쏜살같이 놀이기구 앞에 줄을 섭니다
아이들은 아무래도 좋은 모양입니다
나는 자꾸 봄소풍이라고, 노란 다꾸앙 물이 묻어
나던
나무 도시락을 떠올리며 봄소풍, 봄소풍 뇌까려 보
지만
저렇게 많은 평일의 자본주의 앞에서는 그만 기가
죽습니다
돌아가는 길에는 자본주의를 가르쳐야지 했던 계
획도 접습니다

아이들은 뿔뿔이 흩어지고
바람에 날리는 꽃잎처럼 놀이터를 배회하다가
침팬지와 오랑우탄을 만나 몇 마디 얘기를 나누었

습니다
　몇 가지나 탔냐는 아이들의 물음에는
　무서워서라는 말 대신 재미없어서라고 거짓 답을
했습니다

　김밥 돌돌 말아 봄물소리 또랑또랑한 계곡으로
　봄소풍 가고 싶습니다

北川日記 5
— 그네

깜깜한 밤
바람도 없는데
누가 타고 있는 것처럼
그네가 흔들립니다

시골 아파트 앞 구멍가게에서
세금 없는 소주를 마시다가
슬쩍 실례를 하러 나갔던 것인데
흔들리는 그네를 보면서 새암아, 새암아
멀리 있는 딸애의 이름을
속으로 부르다 소리 내어 부르다
꼴깍, 그만 취하고 말았습니다

그네를 보니까 네가 보고 싶더라, 고백을 하면
딸애는 분명 노상방뇨를 했다고 야단을 치겠지만
그래도 지금은 딸애가 그립습니다
그리워 한 번 더 그네를 흔들어 주었습니다

北川日記 6
— 야마 이빠이 돌았나봐

그래도 참았어야 했다
달아오른 냄비처럼 빠지직빠지직 악을 쓸 것도 아
니고
몽둥이를 들었다 놓았다 폭력을 쓸 것처럼 위협할
것도 아니고
그래 가지고 어떻게 경쟁력을 가질 수 있겠냐고
신자유주의자처럼 빈정거릴 것도 아니었는데, 그만
천장만 높아 목욕탕 같은, 낡은 음악실이 무너져라
우렁우렁 소리만 지르다가 어쩌지 못해
문을 박차고 나와 버렸다

담배 한 대 빼물고 비 내리는 하늘 쳐다보다가
그래도 참아야지 다시 교실에 들어서서
내 말에 내가 밟히는 훈계를 시작하는데
와중에도 아이들은 소곤소곤, 나는 또 열을 받는다
띵똥띵똥 수업 끝을 알리는, 참을 수 없는,
위험한 경계를 허물어주는 종소리에
차라리 안도한다

미움만 남아 있는 음악실

신경질적으로, 화풀이 삼아 건반을 두드려 보는데
발밑으로 쪼르르 밀려오는 찢어진 오선 노트 반쪽
초록색 볼펜으로 수십 차례 겹쳐 쓴 낙서 한 줄
나는 자지러진다

'야마 이빠이 돌았나봐'

北川日記 8
— 오리걸음 하는 너희들에게

조국이 자랑하는 정보화 세계화의 아침에
아직도 운동장을 기는
제복을 입은 어린 오리들의 행렬
폭력은 어떻게 정당화되는가
그리고 인권이란

너희들이 지각을 하지 않을 때,
목걸이나 귀걸이를 하지 않을 때,
염색을 하거나 탈색을 하지 않을 때,
파랗고 빨간 양말을 신지 않을 때,
국기에 대한 경례를 할 때 쥐 죽은 듯 조용할 때,
잘 짜여진 사각형의 틀 안에 잘 적응할 때,
그때, 그때 가서 얘기하자꾸나

너희들은 그렇게 자조적으로 오리걸음을 하고
나는 또 이렇게 비관적으로 너희들을 관망한다

생각만 깊어 미안하다

北川日記 9
— 칠성판 위에 잠들다

방 한 칸 세를 사는 자취방은 사방이 무논이라
그렇지 않아도 습한 편인데
장마철이 시작되면서 방은 더욱 눅눅해서
물이 철철 흐른다는 말이 과장되지 않다
보일러를 돌리기엔 날이 너무 덥고 침대를 들이기
엔 너무 좁아
이 참에 방을 옮길까 생각도 했지만 며칠 후면 방
학이고,
게다가 혼자 사는 할머니를 버리고 가는 것 같아
자는 둥 마는 둥 거미들과 함께 지내다가 더는 못
견디겠어서
팔십 밀리 스티로폼 한 장과 석 자 여섯 자 합판 한
장 사왔다
혹여 할머니가 볼까봐 조심조심했는데 할머니는
눅눅한 것이 당신 책임인 양 연신 미안해 하면서도
이사 가면 안 된다는 협박 같은 부탁을 잊지 않는다

투명 비닐 위에 스티로폼 놓고 합판 한 장 덮고 청
테이프로
꽁꽁 동여 놓고 보니 영락없는 칠성판이다

이제 매일매일 칠성판 위에서 잠을 잘 것이니 아무
래도 나는
너무 오래 살 것 같다, 그 밤 오랜만에 어머니 꿈
을 꾸었다
루사보다 더한 장맛비였지만 누운 채로 둥둥 떠다
니는
신나는 꿈이었다 내 잠은, 그러니까 연습이다

동강, 가수리에는 가수분교가 있다

참 아름다운 강 하나 오른쪽 어깨에 데리고
10년 세월 고스란히 멈추어선 땅
가수리에 간다
700살이나 됐다는 느티나무는 텔레비전도 신문도
몰라
언제나처럼 붙박이로 서 있는데
아이들은 어디에 있을까,
적은 봄비에도 찰랑찰랑 목덜미를 내어주는 잠수교
아이들은 누구를 기다리나, 갈 데가 없나,
녹슨 경운기에 앉아 오후의 강바람을
송두리째 맞고 있다 저것은
외로움을 달래는 아이들의 놀이인가

켜켜이 송판으로 벽을 친 학교,
찌그러진 석유난로가 간힘을 다하는 교무실,
개망초 같은 열여덟 아이들 얼굴이
비 새는 바람벽에 올망졸망 매달려 있는
전교생이 중식지원대상자인
정선초등학교 가수분교

원앙은 쌍으로만 노닌다는데
한 마리 원앙만이 외로운 무자맥질을 치는 동강,
그 구멍 숭숭 뚫린 붉은 뼝대는
'10. 25까지 피해대책 못 세우면 음독자살로 투쟁
하자' 고
찢어진 채 절규하고 있었다
이 아름다운 산하에, 도대체 누가
저리 섬뜩한 플래카드를 걸게 하였을까

아직 시린 봄볕인데
땅을 잃었을까 희망을 잃었을까 죽은 듯,
깨진 술병 옆에 한 농민이 잠들어 있었다

동강, 연포나루에서 줄배를 타다

이름도 어여쁜 예미초등학교 연포분교를 찾아가
는 길
골 깊은 산촌엔 이른 어둠이 내리고
줄배를 띄우고서야 동강, 너를 건넌다

종알대던 아이들 목소리는 도심 하숙방에 갇히고
아이들 쫓겨난 운동장 개똥 위엔
서글프게 봄비가 내렸다
개똥 민들레는 또 피어나겠지만 동강아,
나는 네가 더러운 한강으로 흘러
서울과 한 몸으로 섞이는 게 싫다

봄비에 젖어 추레한 철 지난 플래카드 한 장 만난다
분노도 삭으면 저리 가만 젖기만 하는 걸까 거기,
'또 가을이 왔다 이젠 죽었구나'
죽음을 살고있는 동강이 있었고
앙크렇게 말라가는 뽑혀진 대추나무가 있었고
표정 없는 농부가 망연히 강을 바라보고 있었다

다 꽃이런가

화사한 봄볕 받아 덩달아 피는 꽃도
무릇 꽃은 꽃이지만,
인동 삼경에도 날개를 퍼덕이며 피는 꽃이라야
너에게도 나에게도 참 꽃이다

양지 바른 묘지 위에 잠시 피었다가
시린 이슬에 슬그머니 이파리를 닫는 꽃도
꽃이랄 수야 있겠지만,
캄캄 절벽 생사의 경계 앞에서도
풍찬노숙, 정면으로 파도를 이겨내는 꽃이라야
정녕 꽃이라 부를 터

'껍데기는 가라', 시인의 쟁기질 소리 아슴푸레한 오늘
팔뚝에 힘을 실어 손나팔로 소리친다
알곡과 쭉정이를 골라내는 키질을 견뎌온 그대 투사들이여
아무도 가 본 적 없는 길 드날리는 깃발이 되어
뚜벅뚜벅 걸음을 떼어놓는 그대 전사들이여
꽃이라고 다 꽃이 아니고 길이라고 다 길이 아닌 것,

쿵쾅대는 가슴을 맞대보고서야 느끼는구나, 아는
구나

그리하여 정녕 껍데기로는 말고 알곡으로만 남자
이합집산으로는 말고 한결 동지애로만 살자
칠천만 겨레의 심장을 적시는 북소리로, 전망으로
살자

3부

그리운 어머니

그리운 어머니 1
— 어린 상제喪制

　서른의 중반 나이에 고아라는 말이 우습긴 하지만 참 쉽게 고아가 됩니다. 되어 보니 서글프고 두려운데 금방 잊어버립니다.

　상장喪章을 달고 일터에 나가 상장賞狀이라도 받을까 일을 하다 보면 언제 슬픔이었던가, 잊어버리고 여자들과 어울려 여자들의 죽음을 즐겁게 얘기합니다.

　생전에 그렇게 아름다운 모습 본 적 없는데 어머니는 그런 천사의 모습을 보여줌으로써 그토록 절망스런 세상에 대하여, 여자들의 일생에 대하여 대답 없는 물음을 남기시고 운명하셨습니다. 달래다 울다를 반복하며 나는 울었습니다. 곱지 않은 중국산 나일론 삼베 때문이라고 변명하면서 말입니다.

그리운 어머니 2
— 호박

매년 하시던 일처럼 어머니는
아파트 잔디밭 단풍나무 밑둥에
호박씨 서넛 뿌리시고
거짓말처럼 세상을 하직하셨습니다

여름 한철 심심찮게 장국을 끓이던 어머니의 호박은
임종을 끝으로
꽃만, 잎만 무성한 채 아직
단 한 개의 씨앗도 맺지 않았습니다 사람들은
벌이 없어 그렇다느니, 그림붓으로 수정을 시켜야
된다느니
그럴싸한 말들로 호박의 부재를 위로하지만
아닙니다, 어머니 안 계시니 호박도 의미 없습니다
설사
주렁주렁 은혜처럼 호박이 열린들
어머니를 대신이야 하겠습니까?
처서 지나 추분이 낼모렌데 아직 줄기를 베지 못하
는 것은
호박이 열리기를 고대해서는 아닙니다

그리운 어머니 3
― 신발

실밥이 조금 터진
아들놈의 운동화를 꿰매다 보니
괜스레 눈물이 납니다 어머니는
등잔불 밑에서 그렇게 검정 고무신을
꿰매 주셨지요 요즘도
말표나 진양표 고무신이 있나 몰라도
방학을 얻어서나 겨우 따라나설 수 있었던
봉평장이나 대화장날
그렇게 검정 운동화가 신고 싶어
어머니 치마 끝에 매달리면, 아, 어머니는
시선을 외면하는 것으로 대답을 대신했었지요

새 만화영화 운동화를 조르는 아들놈,
어머니 계신 나라는
고무신도 운동화도 다 필요 없는
그런, 맨발의 천국이겠지요

그리운 어머니 5
— 주목

　예순아홉, 어머니는 세상을 떠나시며 화분 하나 남기셨습니다. 공주 이모네서, 뒤뜰에 삽목한, 한 살짜리 주목 몇 뿌리 캐어다 행운목 있던 플라스틱 화분에 옮겨 심었는데, 풀처럼 여리던 것이 몇 번씩 죽을 고비를 넘기고 되살아, 어느새 십 년이 다 되어 갑니다. 추운 고비 더운 고비 십 년을 살아낸 어린 주목, 왜 자꾸 어머니를 생각나게 하는지요.

　잘 키워 산으로 돌려보내고 싶습니다.

그리운 어머니 6
— 중앙시장

중학교 때던가요, 어머니는 중앙시장 교복집에서
한 삼 년 바느질품을 파셨지요. 그 길은 등하교를 하
던 길이어서 혹 어머니가 아는 체를 하실까 고개를
외로 돌리고 서둘러 교복집 앞을 빠져나오곤 했던,
그 중앙시장 골목집에서 오늘, 점심을 먹었습니다.
온통 어머니 솜씨 닮은 반찬들을 입에 넣으며, 명퇴
당한 옆자리 젊은 시청공무원의 낮술에 취한 푸념을
들으며, 시골학교 선생으로 발령 받았을 때 '에미는
니가 대통령이 된 것보다 더 기쁘다' 시던, 바느질을
잘 하시던 어머니를 생각했습니다.

아내가 바느질을 잘 못하니 어머니 생각 더욱 간절
합니다.

어머니 7
— 망치

송아지 우리를 짓는다기에 작은누나 집에 가서 한 이틀 망치질을 하고 돌아왔습니다.

서른넷에 지아비를 잃고, 두 달 늦게 얻은 아들이 혹 기운이라도 잃을까봐 어머니는 망치니 톱이니 연장들을 얻어다 주시면서, 사내란 모름지기 지랄 빼놓고는 못하는 게 없어야 한다, 가르치셨지요. 망치질은 그 때, 홀로 네 식구를 책임지셨던 튼튼한 어머니의 등 너머로 배웠습니다.

송아지 한 마리 먹여보는 희망은 아직도 요원합니다.

그리운 어머니 8
— 볼거리

일곱 살 딸아이가 볼거리에 걸렸다며 아내는 전화를 했습니다. 돌아와 보니 딸아이는 두 배는 커 보이는 얼굴로 미륵처럼 잠들어 있고, 아내는 백과사전에서 얻은 '유행성이하선염'에 대한 지식으로, 잘못하면 뇌염이나 수막염을 일으킬 수도 있고, 성인이 걸리면 고환염이나 난소염을 일으켜 불임의 원인이 될 수도 있다며 불안을 멈추지 않습니다.

병원에서도 같은 말을 듣고 왔습니다.

밤새 잠 못 이루며 침 발라 볼거리를 삭히던 어머니 손길,

너무 그립습니다.

그리운 어머니 9
— 화장

　어머니가 젖은 손을 닦고 어쩌다 싸구려 로션이라
도 바르면 어딜 가시려는가 불안한 마음이 되어, 엄
마 어디 가, 물으면, 가긴 어딜 가, 왜 젖이라도 먹을
래, 놀리셨지요. 뿐이던가요. 나무 하고 밭 갈고 김
매던 어머니 손은 가려운 등 긁을 때는 참 그만이었
는데, 결혼을 하고 저는 어머니 방에 달랑 효자손 하
나 매달아드렸습니다.

　매일매일 곱게 화장을 하는 제 어미를 보면서, 애
들은 이제 무슨 생각을 할까요.

그리운 어머니 10
― 봄나물

몰랐어요, 그게 마지막 식사가 될 줄은.
　그 날, 한 며칠 입원하여 가료하면 나아질 거라는
말에 기대어 작은사위가 뜯어온 봄나물에 고추장 넣
고 참기름 뿌려 한 대접 비벼 먹으면서 입원을 준비
하던 봄, 네 아버지는 참나물을 참 좋아하셨는데…
뜬금없이, 없는 참나물 얘기를 하셨지요. 그리고 어
머니는 깊은 산 참나물이 되어 지아비 곁으로, 단 한
번 따뜻하게 누워본 적 없는 아픈 이승의 기억을 묻
으며, 그렇게 어머니는 가시고 말았지요.

봄볕 푸른 산기슭,
어린 아들과 이름 모를 나물을 뜯으면서 어머니
비빔밥이 되고 싶습니다.
봄마다 새살을 내밀어
어머니 밥상
푸른 반찬이 되고 싶습니다.

그리운 어머니 11
― 벌초

엄마, 아빠의 아빠는 누구야? 외할아버지야?

만나본 적 없는 아버지에 대해,
할아버지에 대해 딸애가 물었습니다.
왠지 처연하게 들렸습니다

엄마, 나 개가 됐으면 좋겠어. 개는 날마다 씻지
않잖아.
강아지도 아니고 개?

앞도 뒤도 없는
재롱 한 바가지
어머니 무덤 곁에
눈물 대신 꽂아두고 갑니다

그리운 어머니 12
— 꿈

그 이후 좀처럼 모습을 보여주시지 않던 어머니, 거기는 첫 발령을 받아 우리 두 식구 마치 단출한 새 살림을 시작하는 신혼부부처럼 그렇게 꿈을 키우던 철암, 떠난 지 십 년도 넘는 그 탄광촌 단칸방에 어머니는 홀로, 왜 이제야 왔니, 다 큰 아들 머리를 매만지며 쓸쓸히쓸쓸히 누워 계셨습니다.

꿈속의 어머니는 언제나 생전 모습 그대로여서 서둘러 꿈을 깨워보지만, 현실은 결코 꿈이 아님을 증명하듯 잔인할 뿐입니다. 그러고 보니 어머니를 꿈꾸던 날 우리 부부는, 눈에는 보이지 않는 힘겨루기를 하였던 것 같습니다.

오늘밤에도 생전 모습 그대로 거기 계시면, 어머니, 한 다발 수국을 들고 태백선 열차를 타겠습니다.

딸아이 말처럼 두 밤만 더 자면 추석입니다.

4부

우체통이 없다

밤길

검은 벌판
불빛 하나 향해, 나
동시처럼 걸어간다

너무 환한 세상에서만
살아온 탓인가
팔은 허공을 휘젓고
걸음은 제자리에서 맴돌고
어둠은, 어둠은 좀체 물러서지 않는다

목소리 하나 들린다면
이 길은 또 얼마나
정겨울 것인가

개구리 소리도 멈춘 밤
그래도 나
자꾸자꾸 앞으로 간다
앞으로 나아간다는 것,
그게 무얼까 중얼거리면서

겨울 태백산이 내게

한 십 년
멈추어 있던 기억을 꺼내
겨울 태백산에 간다

입장료가 생기고 주차장이 생기고, 어린 주목들이
대나무 울타리 안에서 자라고, 그때보다 나이를 더
먹은 것을 빼곤,

유일사로 가는 길 왼편 오르막의 낙엽송, 천지天池
의 그 소리를 닮은 눈 밟는 소리, 장대한 기골을 뽐
내는 주목, 천제단에 버려진 돼지머리, 그걸 아는 까
마귀, 서북에서 불어오는 매운 바람, 여전하다

바람치는 그 길
나무가 나무에 기대어 운다
아직 노래라고 표현하지 못하는
닫힌 의식일랑 산정에 버리고

철쭉도 장관이라지만 빙화는 더 장관인 겨울 태백산
비료포대를 타고 유쾌한 하산을 한다

경건한 태백산에서 그 무슨 망동이냐지만
망동을 하고 나니 비로소 엉덩이가 즐겁다

결국은 또 산에 들어서야 깨닫는다

요즘, 나

열무밭에 쪼그려 앉아
초록 애벌레를 잡는다 놈들은
어디에서 생겨나와
어설픈 농군을
갈등하게 하는 걸까

새벽 이슬을 피해
이파리 밑에 숨어 있었나, 놀란 듯
배추흰나비 한 마리
부드럽게 솟아오른다

애벌레를 짓이기던
증오의 눈빛으로
배추흰나비의 여린
날갯짓을 바라보는데
증오의 눈빛,
간 데 없이 찬란하다

요즘, 내가, 그렇다

요즘, 하루

에프엠 몇 줄 들으면서
책 몇 권 건성건성 표지만 뚫어져라 바라보다 안타
까워하고
몇 시간 간격으로 이메일을 확인하고
스팸메일을 열까 말까 망설이기도 하다가
오만 도덕성으로 혼돈스러운 마음을 전체선택, 삭
제하고
때 되어 식당밥으로 점심을 먹고
숟가락 놓기 무섭게 담배를 붙여 물고
무논의 벼도 제 주인 발길 소리에 자란다는 글귀
생각에
이제사 하얀 꽃잎을 매달기 시작한 담장 밑 고추에
게, 잘 자라거라
그늘 밑에 심어 미안하다, 소리가 되지 않는 쑥스
런 입속말을 건네고
호박순 뒤집어 몇 놈이나 맺혔나 대견해 하는데
가꾼 놈 보란 듯이 반란하는 제비꽃이나 개망초 명
아주 달개비,
그 경이로운 생명의 힘을 쥐어뜯는 흰 손가락이 한
없이 부끄럽고

헬렌 니어링도 읽고 틱낫한도 읽으면서 부러운 마
음을 다스렸건만

다시 아파트로 돌아가야 한다는 현실이 왠지 초라
하게 생각되는 것이다

이런 속내를 아는지 모르는지 아내는, 담배가 는
것 아니냐고,

요즘 한 갑 더 피우지, 당신한테서 할아버지 냄새
나는 거 모르지

단정적으로 아픈 데를 찔러대지만, 사상이 흔들려
서 그런 것은 아닌데

나는 요즘 하루가 힘들다 힘차게 줄기를 뻗는 새순
들이 부럽다

어느새 여행도 무서운 나이가 된 것인가

아버지

신도시 사거리
새로 지은 빌딩 4층에 있는
딸애의 학원에 간다

학교에는 간 적 없으면서
가서, 학원비를 카드로 긁었다

'입금 감사합니다',
문자가 도착한다

곰배령

점봉산 가는 길
오늘은 곰배령까지만 간다 거기
지천으로 피었다 동자꽃
동자꽃 안주하여 술 한잔 마신다
나도 마시고 안개도 마신다
물봉선도 취하고 노루귀도 취하고
바람꽃도 취한다
묻는다, 세상은 왜
감탄만으로 살 수 없는 것이냐고
없는 것이냐고

마을로 내려와 안개를 토했다

天燈山 鳳停寺에서 開目寺를 오르다

일주문에 들 때는 걸어서 들 일이다

여유작작,
여행을 하거나 시를 쓰거나 밤 새워 술을 마시거나
혓바닥에 힘주어 독설을 미화할 때는 아니나,
호랭이 같은 놈들 지신갓 동구*에서 밤을 새우고
겸손한 산을 오만불손 휘발유차로 오른다

안다, 네가 나를 거부한다는 것을
까치밥 홍시처럼 단 한 번도 내 몸을
누군가에게 그냥 내어 준 적 없었으면서
시를 쓴다고, 운동을 한다고, 통일은 돼야 한다고
웃자란 수염을 달싹이며 궤변만 일삼았다는 것을,
그래서 그런 과거를 용서할 수 없다는 것을

나무가 좋은 봉정사 시야가 좋은 개목사
노승의 오래된 해소咳嗽 때문에 나는
네가 가르쳐 준 겨우살이 들풀들, 언 땅에 발목을
묻고도
파랗게 머리를 드러내는 그 숭고한 이름들을

몽땅 까먹어 버렸다, 핑계를 대면서도 내 머리는
영국여왕이 다녀갔다는 얘기는 어찌 이리도
  선명히 기억하는가, 그녀가 해소解消했을 해우소에
이르러선 더욱

이메일이 열 통은 와 있을 텐데,
컴퓨터가 그리운 산 속을 나오자마자
동동주에 닭다리를 뜯는 오늘 나의 산행은
너무 교만했다

일주문을 나설 때는 절하고 나설 일이다

*안동시 이하리의 안상학 시인이 사는 평화로운 동네. 易齋 申泰洙 화백의 그림
제목.

우체통이 없다

붉은색 오토바이를 타고 그대에게 전달되어야 할
편지는 며칠째 차 안에서 잠을 잔다. 초등학교 앞이
나 문방구 앞에도 우체통은 사라지고, 다방보다 많
은 교회보다, 교회보다 많은 피씨방이 어흠, 지금은
디지털 시대다, 으름장을 놓고, 그대에게 쓴 편지는
벌써 며칠째 누드로 자빠진 채 온전히 탈색당하고
있다.

미라, 선자, 동미, 문숙 그들에게 연분홍 사랑을
띄워보내던 우체통은 이제 마을에 없다. 붉은색 우
체통이 사라진 마을에 내가, 덤덤하게, 키보드를 두
드리며 산다.

수덕여관에서 좁쌀술을 마시다

고암顧菴이 살았다는 덕숭산,
예술은 간 데 없고 상술만 남은
수덕여관 쪽방에 앉아
좁쌀술을 마신다

기다리는 것만이 조선여인의 미덕은 아닐 터
떠난 사람은 기약이 없고
썩은 물만 아닌 척 같은 소리로 흐른다

문자추상암각화를 고민하다가
좁쌀술에 취한다

사랑을 해석하고 싶다

열무

봄 가뭄 극심한 날,
강바닥도 하얗게 말라가던 날
몇 고랑 밭을 매고
주유소에서 얻어온
열무 씨를 뿌렸다 장난처럼
미안한 마음에 가끔
주전자로 물을 날라다 주었더니
그것도 성의라고
바싹 마른 고랑을 뒤흔들며
어린 열무가,
생명은 장난이 아니다 이놈, 하면서
치열하게 솟았다

솟아오르는 것은 새삼 위대하다
얼마 만인가
세 고랑 열무밭에서 얻는
이 깨달음의 환희는

나, 결코, 장난으로 죽지 않으리라

명동산책 1

나는 없고 그림자만 혼자서 바삐 걸어 십 분이면 왕복할 거리를 느직하게 갑니다. 경칩 지났지만 볕은 아직 차갑고, 서둘러 시장 나온 냉이랑 달래 돈나물을 만나면서 그렇구나, 이렇게 살았던 적 있었지, 잠시 추억 같은 것에 잠기다가, 손수레 위에서 펄럭이는 쎄일 쎄일, 지금 나를 싸게 팔면 얼마나 받을까, 또 서글픈 생각에 잠기다가, 명동 끝자락 작은 책방에 들려 아무도 읽어주지 않는 시 몇 편 가슴에 못 박고 돌아섭니다. 그림자뿐이었던 부시시한 삶을 다시 일구리라, 맹세하며 그나마 봄기운을 준비하는 춘천 명동을 산책합니다.

명동산책 2

아무래도 춘천은 서서히 죽어가고 있나봐요. 더디 오는 봄 때문인지 발길은 어물전 앞에 오래 머무는데, 과일 몇 개, 옥수수 튀밥 몇 봉지 무릎 앞에 앉혀놓고 식은 도시락 열어 깻잎을 덮는 저 노인의 슬픔은, 언제쯤, 힘이 되기는 할까요?

양곡상 앞 비둘기들만이 얄밉도록 분주한 3월 중순의 춘천 명동, 나는 자꾸 슬퍼져서, 시커멓게 언 얼굴로 미국산 오렌지를 파는 할머니 앞에서 살까 말까 망설이다가, 그것도 못 사고 그냥 돌아섭니다.

하늘이 황사로 어둡습니다.

5부

노래, 임을 위한 행진곡

문

도시의 봄은 산수유로 핀다
산수유는 제일 먼저 꽃 피고
제일 먼저 꽃을 떨구는 대신
가장 실한 열매를 맺는다

죽을 각오를 하는 자만이
제일 먼저 문을 여는
자유를 갖는다

단결투쟁

십 년이면 강산도 변한다는데,

주름이 펴지도록 이마에 두르고
핏대가 서도록 소리치고 주먹질을 하고
방패에 찍히면서도 일기장 갈피갈피 쓰고 또 썼
건만
단결투쟁, 이 말은 왜 낯설게 부담스러울까

대학도 다니고 대학원도 다니고
교육학, 사회학, 정치학, 경제학
공부도 할 만큼 했는데 민중해방,
이 말은 왜 아직 일상어로 자리 잡지 못하는 것일까

미국보다 사악하지 못하기 때문인가
자본보다 영악하지 못하기 때문인가

박정희 전두환 노태우 그들에게 너무 많은 힘을 썼
기 때문이다
YS DJ 그들에게 너무 많이 당했기 때문이다

그러고도 아직 속고 있는 것을 모르기 때문이다
무엇보다 계급을 버리기 때문이다

과업

유복자 외아들로 태어나 부담스러웠다
미완으로 끝난 아버지의 항쟁은 모호하였다, 하여
어머니 돌아가시면 혁명의 길을 가리라 다짐했다, 허나
흙 묻은 장갑 끝에 매달리는 네 살 딸애를 가족애로 껴안으면서,
조금씩 두꺼워지는 월급봉투를 차곡차곡 쌓으면서,
북향에서 남향으로, 언덕에서 평지로 아파트 평수를 늘려가면서,
자동차의 배기량을 높여가면서,
등산·운동·레저용품을 카드로 긁는 과감성을 키우면서
혁명의 길도 투쟁의 길도 그저 남의 길이 되어버렸다

오늘도, 자본의 길을 간다, 가다가
허름한 몸뻬, 구부정한 허리, 튀어나온 엉덩이, 플라스틱 슬리퍼,
그 뒤로 까맣게 드러나는 갈라진 뒤꿈치
내 어머니, 저 어머니들, 일생의 꿈을 만난다

지주의 등짝을 관통하던 저 갑오년의 죽창 같은 시
를 쓰자고,
선생도 꼭 선생 같은 선생만 되자고,
동지에겐 관대하더라도 자신에겐 냉정하자고
맹세하고, 일기에 쓰고, 또한 그들처럼 다짐했건만
맹세와 다짐은 방패 앞에 주저앉고, 신문지 앞에
자빠지고, 경고장 앞에
널부러지고 말았다

정신을 차리자, 나는
자본의 자식도 지식인도 아니다, 이 세상의 주류도
아니며 지배계급은 더더욱 아니다, 아니다, 적어도
나는
중앙시장 좌판계급의 자식이며, 교육노동자이며,
주류 세상을 일갈하는 시인이며, 피지배계급의 가난
과 억압에 눈물 흘릴 줄 아는 투사 아닌가, 그런 전
사여야 하지 않겠는가

자본의 아가리는 점점 견고해지는데

가엽게 한 세상을 산 어머니만 땅에 묻혔다
땅 속 어머니를 세상에 복원하는 일, 이것이 작금
나의 과업課業이다

장백산 자작나무

사진으로만 보던 그 자작나무 숲에 든다
백두산에 가고 싶은 꿈은 아직 유효한데
나 백두산에 못가고 중화명산 창바이샨에 간다
장군봉에 못 가고 천문봉에 간다
걸어서 못 가고 차를 타고 간다

일본 사진작가 구보타 히로찌가 백두산 사진전을
한 적 있었다. 〈한겨레〉는 그 사진을 받아 달력을 만
들었다. 해가 바뀌고도 그 달력 내리지 않았다. 나
처음으로 그 일본인이 얼마나 부러웠던가. 아름드리
자작나무를 또 얼마나 그리워했던가.

그런데, 그런데 장백산 자작나무여,
너마저도 자본의 유혹 앞에 치맛자락을 걷어 올린
것인가*
순결을 잃은 것인가
우측으로 우측으로 허리를 꺾는
21세기의 장백산 자작나무여

*김남주 시인의 시 「겨레의 마지막 순결 너 백두산 기슭이여」의 일부.

리은경 양

평양금성제1중학교 취주악단 지휘자라고 했지
남쪽 말로 하자면 브라스 밴드 콘닥인 너는 열다
섯, 6학년이랬지

그날은 햇볕이 아주 뜨거워서 해를 마주하고 앉은
얼굴은
복숭아처럼 발그레 달아올랐는데 악보도 한 장 없
이 너희들은
그 많은 노래들을 신나게도 불어 제꼈지 나 잠시
브라스 밴드를 가르치던 탄광촌 아이들 생각에
맴맴 너희들 곁에서 떠나지 못했지

남쪽 아이들도 너희들처럼 투정을 하지
풀밭에서 점심 도시락을 풀며 환해지는 너희들처럼
남쪽 아이들도 그렇게 좋아하지
지도 교원 림 선생과 미지근한 맥주 한잔 나누는데
졸업생이 많아서 실력이 이전만 못하다는 겸손 앞에
나 연신 엄지손가락 세워 너희들 밥숟가락에
반찬이라도 되어주고 싶었지

왼쪽 가슴에 '항상준비' 부챗살 휘장을 달고
부러지게 컨닥봉을 흔들며 경쾌하던 은경아,
나 언제 너희들 반주에 맞춰 노래 한 곡 할 수 있
는 날,

그런 날, 기대해도 될까?

허경숙 동무

남과 북, 북과 남이
체육유희오락경기를 하던 날 첫 눈인사를 하고
남과 북 천여 명 선생들이 삼일포 나들이를 하던
시간
가던 길 되꺾어 나오던 단풍관 앞에서야 우리는
우연히 다시 조우하였는데, 허경숙 동무 당신은
평양금성학원에서 유치원 아이들에게 음악을 가르
친다고
수줍게 말했다 남쪽 중학교 음악 선생인, 성악을
전공했던 나는 그래서
주체발성에 대해서 많은 질문을 했는데 허경숙 동
무 당신은
'양악기는 민족악기에 복종하고 양음악은 민족음
악에 복종한다' 는 말로
하고 많은 물음에 그렇게 답했다
우리 함께 삼일포를 배경으로 사진도 한 장 찍었는데
언제쯤 이 사진 전할 수 있을까, 철저한 사상 무장
으로 다들
빈틈이 없어 보였는데, 애들 같은 웃음으로
마음을 푸근하게 하던 속눈썹이 어여쁜 허경숙 동무

리연희 선생

황해북도 사리원시 은정중학교 리연희 선생
당신은 옅은, 불면 날아갈 것 같은 연두 한복을 다
려 입고
남북교육자통일대회 축하 무대에서 '잊지 못할 나
의 스승'을 불렀다
조선교육문화직업동맹 김영도 위원장이
'반미없이 자주없고 자주없이 통일없다'는 대회사
를 할 때만 해도
나는 그저 그렇겠구나 하다가, 선녀보다 어여쁜 리
선생 당신이
무대에 올라 입을 열었을 때 나는 여태 그런 감동
적인,
아니 감격적인 무대를 경험한 적 없었다는 과거를
깨달았는데
남들은 당신이 너무 이뻐 그렇게 들렸을 거라지만
가냘픈 그대는 성량도 풍부해서 온정리 들판을 짜
르르 간지럽히다가
남녘 사내들 가슴에 화살이 되어 꽂혔다, 리 선생
당신 노래 언제 다시 들을 수 있을까
섹시하다는 오랑캐 말로는 대신할 수 없는, 하냥

이쁜

　황해북도 사리원시 은정중학교, 그대에게 통일을
배우는 아이들이 부러운

　옅은 연두 한복으로 '심장에 남는 사람', 그대 리
연희 선생

김정숙 휴양소

원산도 평양도 아닌 고성 온정리에 오기까지
참 많은 도덕교과서를 떼고 책거리를 하고
붉은 표어의 담벼락 글씨들을 지우고, 무엇보다
마음의 벽, 선입견을 허무는 데 숱한 시간을 보냈다

남쪽 정원이 진달래꽃 피우듯
김정숙 휴양소 뜨락에는 무궁화꽃 피어
혁명의 수뇌부를 목숨으로 사수하자*는데 나는
지킬 것도 버릴 것도 없다, 그래서 아프다

접대원 동무들이 곱게 차려놓은 만찬상을 앞에 놓고
평양통일거리소학교 4학년 담임 최영옥 선생,
평양락랑제1중학교 김석렬 교장과 건배를 한다
어서 통일 합시다, 쭈욱 냅시다
통일을 위하여, 투쟁, 남과 북 다른 방식으로 건배
를 해보는데
원샷, 러브샷 외쳐대는 미친 교장도 있다, 많다

열다섯 딸아이 하나 두고 있다는 최 선생은 연신
이름도 이쁜 색떡과 단설기, 계란쌀라드, 소갈비살

증탕 접시를
  앞으로 내미는데, 나는 그다지 배가 고팠던 것은
아닌데
  궁금증과 호기심으로 식사를 놓았던 것이다, 미안
하다
  그리고 이해한다, 최 선생이 땀 뻘뻘 흘리며 입버
릇처럼 붙여 쓰던
  그 말, 말들

  남에서 감자를 캐는 칠월 하순
  북의 감자꽃은 막 보라를 벗고 있었다

*금강산 김정숙 휴양소 본관 벽에 '위대한 김정일 동지를 수반으로 하는 혁명의
수뇌부를 목숨으로 사수하자' 고 새겨놓은 표어 일부. 2004년 7월 18일~20일,
북남교육자통일대회가 온정리, 금강산 일원에서 있었다.

금강산 호텔 가는 길

금강통문을 지난다 이 길에도 이름이 있다면 7번
국도일 터,
비로소 북에 들어선 것이다
7월 땡볕에 볼까지 발개진 어린 인민군과
'우리민족끼리 조국을 통일하자' 는 야산 입간판을
북에서 만난 첫 얼굴이라고 기억한다, 이것은
분단 세월이 가르쳐 준 교육의 힘인가, 흠인가

남에서 출발한 버스는, 지금, 분명, 북으로 가는
중이다
막지만 않는다면 이 버스는 모스크바까지도 갈 수
있을 것이다
여행이 아니라 통일교사대회를 하러 가는 것인데,
여의도나 대학로, 광화문이나 종묘공원에 교사대
회를 하러가듯
그렇게 북으로 가는 것인데, 전투적으로 타올랐던
남에서의
빛나는 각오들은 모두 어디로 가고 마음은
소풍 나선 아이, 꼭 그만큼 달떠서 이리저리 구경
이다

차내 검문을 위한 북측 검문소에 도착했다
남에서 많이 듣던 '잠시 검문이 있겠습니다' 대신
경무관 명찰을 단 인민군 두 명 인사도 없는 다문
입으로
이곳저곳 둘러보는데, 오른 편 바위산 형상은 영락
없는 게르니카다
금강산 관광이 시작된 이후 식상했을 법도 한데
우리들 역사가 이렇듯 궁금증으로 늙어온 때문인지
어린 병사들 눈빛 또한 못지않게 호기심으로 가득
해 보인다

고성항 북쪽 세관을 통과하여 금강산 호텔로 가
는 길
군 막사에서는 저녁 연기가 피어오르고
자전거를 타거나 트럭 짐칸에 오른 농민들은
저녁 귀향을 하는 건지 길을 서둘고 있었다

나 이렇게 남에서 묻혀온 흙 몇 알 금강산에 내려
놓았다
신발이 먼저 통일을 한 것이다

내가 운다

모니터 속에서 절규하는
한 청년의 이라크 파병반대 목소리를 듣다가
결국 참수 당했다는 속보를 접하고는
너무 오래 모니터를 봐서 그런 거라며
내가 운다

30만이 산다는 도시 한복판
100명도 안 되는 사람들이 모여
초라하게 밝힌 촛불 앞을
보란 듯이 활보하는 배꼽티의 자본주의를 보면서
떨어지는 빗방울, 너무 환한 도시의 불빛 때문이
라며
내가 운다

파병이 국익이라면
어린 제군을 보내는 것보다
아는 것 많아 권모술수에도 능한
파병 찬성 국회의원들을 보내는 것이,
보내서 영영 돌아오지 못하게 하는 것이
진정한 국익 아니겠느냐고 절규하며

한 시민인 내가 즉석에서 운다

시를 쓰는 일밖에
달리 할 일이 없다고 핑계 대는 내가
부끄럽고 죄스러워서
소리도 없이 속으로 운다
희망이 엷어져서, 가야 할 길은
아직 너무도 멀고 험한데
어깨동무를 하는 이웃이 많지 않아서
입술을 깨물며 내가 운다
빈 어깨를 들썩이며 내가 운다

성조기에 대한 맹세
— 어느 전투경찰의

너는, 자랑스런 성조기 앞에
미국과 미군의 무궁한 안락을 위해,
효순이 미선이에 대한 한국민의 조속한 망각을 위해
몸과 마음을 바쳐 충성을 다할 것을
키보다 큰 진압봉에게 굳게 다짐한다

미제 철조망으로 튼튼한 춘천 캠프페이지 앞을
양초를 들고 걸어가다가, 설마 그럴까, 의심하였는데
서울 미대사관을 에워싸는 양초인간띠잇기,
시위도 아닌, 행사 중에 방패에 찍혔다는
어느 여중생의 상처를 보면서야
진짜겠구나, 의심이 걷혔다

너는 어느 나라 사람이냐고 묻지 않는다
너는 누구의 부하냐고 또한 묻지 않는다
네가 그 노벨 평화상을 받은 대통령이 사는 나라의
열혈청년이냐고 차마 묻지 않는다

우리는 너무 오래 그렇게, 병신 같이 살아왔으므로
그러나 내 가슴에 촛불 하나 타오르기 시작 했으므로

자라자지

초혼. 재혼. 장애자. 연세 많으신 분
베트남 처녀 무료 맞선 보기
지사모집 행복만들기 033-255-××××

세상에는 참 공짜도 많다지만
처녀를 공짜로 보여준다는
춘천시 퇴계동 하이마트 앞 사거리의, 흔들리는
플래카드 광고는 섬뜩하게 슬프다

우리가 한때 용병이었기 때문에, 미국이었기 때문에
감 놓아라 대추 놓아라, 제국주의였기 때문에
그 녹색의 광고는 평화로 보이지 않는다
사랑을 위한 가교로 보이지 않는다

더욱 깊숙이 목을 감추는 내 자라자지

노래, 임을 위한 행진곡

나 언제 눈물 없이
이 노래 불러 본 적 있었던가

나 언제 무의미하게
이 노래 들어 본 적 있었던가

키 179센티미터 몸무게 45킬로그램의
병역기피 수배자를 검거할 때까지는
이 노래 들려주어야 한다

교과서가 바로 쓰여져서
홍난파의 얼굴에 침을 뱉기까지는
줄콩 같은 아이들에게
이 노래 가르쳐야 한다

미국은 우리에게 아름다운 우방이 아니었다고,
그래서 미선이 효순이를 실수로 죽인 것이
아니라는 것을 깨닫기까지는
풀피리 같은 아이들에게 이 노래 불러주어야 한다
뜨거운 맹세가 될 때까지,

새날이 올 때까지,
부르고 또 불러야 한다

룡천소학교, 어린 붓꽃들아

뭔가 잘못되었다
이건 아닌데, 분명 이건 아닌데 너는 입원 환자 표
지도 없이
입던 옷 그대로 그렇게 누워만 있구나
평소 같았으면 모자이크 처리를 하던 남쪽의 텔레
비전도
참혹한 네 얼굴 그대로를 안방에 쏘아대는구나
미안하다 룡천소학교 어린 붓꽃들아
동포라고 말하면서 동포답지 못했던 입술,
네 얼굴을 보면서 외면하는 내 얼굴, 남세스러워
화끈거리는구나

룡천은 일찍이 백석이 찬탄했던 「탁류」를 쓴 그 허
준의 고향 아니더냐
룡천소학교 너희들은 그 시인의 후학 아니더냐
그런데 이 웬 청천 하늘에 날벼락이란 말이냐
그 날벼락이 어찌 너희에게란 말이냐

텔레토비 책가방을 챙길 틈도 없이
'엄마 너무 아파요' 고통을 호소할 겨를도 없이

저 이라크의 키르쿠크도, 팔레스타인의 가자지구
도 아닌 북쪽의 너는
그렇게 움푹 패인 웅덩이와 함께 무너졌구나
아직도 네가 책보를 메고 학교를 다니는 줄로만 알
고 있던
남쪽 선생의 눈과 귀는 그래서 더욱 부끄럽구나

무너진 잔해더미 속에서 사흘 만에 구조된 네가
'배가 고파요' 절규할 때,
사라진 동무들 이름을 불렀을 때, 미안하다, 우리
는 그 시간에도
사교육비 경감 방안이니, 0교시 보충이니, 불법 야
자니 하면서
호사스럽게 자본주의를 즐기고 있었더구나
그래서 남쪽의 선생인 나는 미안하고 죄스럽구나
무엇부터 해야 할지를 몰라서 더욱 그렇구나
호주머니에 손 찔러 넣고 동전 옆구리의 톱니바퀴
만 긁고 있어서
참으로 면목이 없구나

룡천소학교,
학교 지붕도 울타리도, 책상도 의자도 유리창도
동무들과 재잘대던 귓속말도, 방과 후 민둥산에서
놀자던 약속도
선생님 몰래 한 줄 한 줄 채워나간 엄마 생일 축하
편지까지도
찰나에, 창졸간에 빼앗겨버린 어린 채송화들아
안녕, 인사말도 없이 죽어간 어린 붓꽃들아, 우리
의 자식들아
신의주인민병원 어디쯤, 침상 대신 책상을 베고
누운
혁명의 희망인 가여운 아이들아, 이제 우리가 너희
침묵을 대신하마
국어책이 되고 연필이 되어 희망을 쓰면서 가마
네 또래 남쪽 아이들의 간절한 바람을 모아 가마
너희가 못다 부른 우리의 소원은 통일, 목 놓아 부
르며 달려 가마

불러도불러도 처연한
룡천소학교 붓꽃 같은 아이들아

으스러지도록 안아보고 싶은 우리의 제자들아
너희들의 눈물, 너희들의 아픔, 너희들의 죽음을
되살리러
전라도, 경상도, 아니 남쪽의 선생을 넘어 조국의
선생으로
너희에게 가마, 맨발로맨발로 삼팔선을 넘어 가마
채 못다 꾼 너희 꿈을 함께 꾸기 위하여
너희 곁으로 너희 곁으로 우리가 가마

과업, 그 좌회전을 꿈꾸는
사랑과 투쟁의 변증법

이언빈 (시인)

1

권혁소의 시는 담백하다. 그는 일반적인 시작품들이 지니고 있는 표현기교나 비유, 상징 등의 문학적 장치를 의도적으로 사용하려고 애쓰지는 않는다. 그의 작품 대부분은 보고, 듣고, 느끼고, 생각한 것을 직설적 언어로 드러낸다. 이것은 그가 대학을 다니고 등단한 80년대의 치열한 시대적 상황이 그의 삶에 깊게 침윤된 결과로 보인다.

노동운동, 시민운동의 저항과 성장을 통하여 독재정권의 어두운 터널이 무너지고 국민의 정부, 참여정부를 거치면서 절차적 민주주의가 어느 정도 형식적으로나마 완성되어가고 있는 요즈음, 그의 시가 지향하는 민중지향성은 문단에서조차 비주류로서, 오히려 희귀한 존재로 대접받는 위치에 있다. 이른바 '민중문학'으로 이름을 얻은 이들 대부분이 '민중문학'을 외면한 까닭이다.

노동문학, 민중문학이 퇴조하고 있는 원인은 여러 가지로 분석될 수 있겠지만, 남한의 권위주의적 독재 정치체제가 부르주아적 자유주의로 이행하는 과정에서, 자유주의적 정권에 운동권 다수가 포섭된 정치지형의 변화와 관련이 깊다고 볼 수 있다. 때문에 이런 세태를 거부하며 노동자 민중의 편에 서고자 하는 권혁소의 작품들은, 시대의 흐름에 뒤쳐진 낡은 시로 단순하게 규정되어서는 안 될 것이다.

그가 질박한 민중의 언어로 자신의 삶과 시대를 되돌아보며 지키고자 하는 것은 무엇인가. 그것은 인간적 삶을 온전히 지키고자 하는 노력이며, 그 노력이 사랑과 눈물과 대결의지로 스스로를 단련시키고 있는 것이다. 그가 독자들에게 제기하고 있는 이 자본의 시대는, 아직 우리가 인간답게 대접받으며 살만한 곳이 아니라는, 단정적 인식이 여전히 유효한 세상이기 때문이다.

2

이 시집에 실린 헌시 「그리운 어머니」 연작은 그의 작품을 이해하는 하나의 코드다. "아버지의 항쟁은 모호하였"고, "유복자 외아들로 태어나 부담스러웠"던 그는 홀어머니 밑에서 성장한다. 세상의 모든 어머니의 삶이 그러하듯 어머니의 일생은 그의 삶의 원형적 토대를 형성한다.

　생전에 그렇게 아름다운 모습 본 적 없는데 어머니는 그
런 천사의 모습을 보여줌으로써 그토록 절망스런 세상에 대
하여, 여자들의 일생에 대하여 대답 없는 물음을 남기시고
운명하셨습니다.
　―「그리운 어머니 1 – 어린 상제」 부분

어머니에 대한 사랑을 눈물로 회상하고 있는 그의
시편에 나타난 어머니의 삶은 "그토록 절망스러운
세상에 대하여, 여자들의 일생에 대하여" 라는 구절
에 나타나듯이, 고난의 삶을 멍에처럼 짊어지고 격
랑의 세파를 헤쳐오신 지난한 삶 그 자체이며, 이 세
상 모든 어머니의 전형이다. 어머니가 자식을 키우
기 위하여 "바느질품"을 팔고, "검정 고무신을 꿰매"
던 가난 속의 사랑은 도시로 와서는 "아파트 잔디밭
단풍나무 밑동"에 "호박씨"를 "서넛 뿌리"고, "주목"
을 키우는 것으로 이어진다. "장국"과 "산나물"로 이
어지는 토종의 삶을 시인은 회상하고 그리워한다.

　실밥이 조금 터진
　아들놈의 운동화를 꿰매다 보니
　괜스레 눈물이 납니다 어머니는

등잔불 밑에서 그렇게 검정 고무신을

꿰매 주셨지요 요즘도

말표나 진양표 고무신이 있나 몰라도

방학을 얻어서나 겨우 따라나설 수 있었던

봉평장이나 대화장날

그렇게 검정 운동화가 신고 싶어

어머니 치마 끝에 매달리면, 아, 어머니는

시선을 외면하는 것으로 대답을 대신했었지요

새 만화영화 운동화를 조르는 아들놈,

어머니 계신 나라는

고무신도 운동화도 다 필요 없는

그런, 맨발의 천국이겠지요

　　　　―「그리운 어머니 3 – 신발」 전문

　　"아들"의 "운동화"를 "꿰매"던 그의 기억이 과거의 "검정 고무신을 꿰매주"시던 어머니의 손길에 닿으면서, 그 지긋지긋하던 가난과 실타래처럼 이어진다. 당시 농촌에서는 엄두도 내기 힘들었던 "검정 운동화"를 신고 싶어 매달리던 철없던 자신을 떠올리면서, 애써 "시선을 외면하는 것으로 대답을 대신"하던 어머니의 갈라지던 심정을 부모가 되어서 비로소 이해한다. "맨발의 천국"은, 구속과 가난을 벗어난 영원한 평등과 자유의 세계를 함축한다. "맨발"

이라는 단어 속에는 어머니의 한 많은 생이 오롯이
들어있고, 어머니의 영혼이나마 천국에서 평안하시
기를 바라는 자식의 절절한 회한이 배어있다.

「그리운 어머니」 연작은 연작시로서의 완결구조를
지니고 있다. "서른의 중반 나이"에 상제가 되어 울
던 모습에서부터 어머니의 가난한 삶의 궤적에 대한
회상, 그리고 딸을 데리고 벌초하는 이야기, 그 후
꿈속에서 만난 이야기로 마감된다. 아마 당분간은
어머니에 대한 직접적인 작품은 쓰여지지 않을 듯하
다. 그럼에도 불구하고 돌아가신 어머니에 대한 그
의 그리움은 이 시집의 여러 작품에서 변주되어 나
타난다. 그것은 도시의 삭막한 현실에서 "옥수수"나
"열무"를 가꾸는 서툰 농부의 몸짓으로 재현되기도
하고, 좋은 아버지가 되기 위한 노력으로 나타나기
도 하고, 분단의 아픔도 있겠지만, 북측의 선생과 학
생들에게서 받은 한복의 맵시와 순수함은 어머니의
소박한 이미지와 겹쳐지면서 무조건적인 애정으로
투사되기도 한다.

　　(전략)

　　오늘도, 자본의 길을 간다, 가다가
　　허름한 몸뻬, 구부정한 허리, 튀어나온 엉덩이, 플라스틱

슬리퍼,
　그 뒤로 까맣게 드러나는 갈라진 뒤꿈치
　내 어머니, 저 어머니들, 일생의 꿈을 만난다

　(중략)

　정신을 차리자, 나는
　자본의 자식도 지식인도 아니다, 이 세상의 주류도 아니
며 지배계급은 더더욱 아니다, 아니다, 적어도 나는
　중앙시장 좌판계급의 자식이며, 교육노동자이며, 주류 세
상을 일갈하는 시인이며, 피지배계급의 가난과 억압에 눈물
흘릴 줄 아는 투사 아닌가, 그런 전사여야 하지 않겠는가

　자본의 아가리는 점점 견고해지는데
　가엽게 한 세상을 산 어머니만 땅에 묻혔다
　땅 속 어머니를 세상에 복원하는 일, 이것이 작금 나의 과
업課業이다
　　―「과업」 부분

　어린 시절의 흑백사진 속으로부터 번져오는 이 뜨
거운 힘은 이 시집의 근원적 바탕을 이루고 있다. 표
제시 「과업」은 그의 출생과정부터 현재 삶의 정착지
인 아파트 ―그는 미안해서(?) '옥탑방' 이라고 부르
기도 하지만― 생활 속에서 자본주의적 삶을 살 수

밖에 없는 모순적 현실과 어머니의 일생으로부터 출발된 생의 자각, "선생다운 선생", 계급적 각성을 통하여 올바른 실천의 자세를 가다듬는 시인의 솔직한 모습을 가감 없이 드러내고 있다.

시인에게 어머니란 존재는 무엇인가. 그것은 소슬한 종교와 같아서 무지랭이로만 살아오신 이 땅의 순박한 모성성의 상징인 어머니로부터 시인은 당당한 자신을 인정받고 싶어 한다. 그것이 강건한 아들로, 당당한 아버지로 대접 받고 싶은 욕망의 뿌리를 형성하여 이 시집 전체를 관통하고 있기도 하다. 그가 스스로에게 부과한 그의 "과업"은 어머니의 사랑으로부터 변주되면서, 개인 문제에서 사회적인 문제로 확장되고, 노동자 전체계급의 문제로 확산되는 변증법적 동력으로 발전한다.

3

자본주의 시대에 학교란, 무한한 경쟁과 서열로 학생들을 차별화 시키면서 국가와 자본의 이데올로기에 충실한 미래의 노동자로 훈육시키려는 권력의 발톱이 교묘히 은폐된 공간이다. 그와 동시에 획일적 권위와 명령을 거부하며 평등의 원리에 기초한 인간 교육을 실현하고자 하는 양심적 교사와의 갈등이 항상적으로 일어나는 투쟁의 공간이기도 하다.

"에미는 니가 대통령이 된 것보다 더 기쁘다"시던 어머니의 말씀대로 그는 교사가 되었다. 아니 정확히는 교육노동자가 되었다.

어떤 교장은 성추행을 했고 어떤 아이는 슬리퍼로 싸대기를 맞았고 어떤 선생은 학부모에게 발길질을 당했다. 큰 폭력이 작은 폭력을 제압한다. 그래서 오늘도 성명서를 쓴다.
　　―「성명서를 쓰다」 부분

애들은 또 콩알콩알 묻겠지요. 선생님 몇 살이에요, 결혼했어요, 선생님 애는 몇 학년이에요, 선생님도 노동자예요……. 느닷없는 아이들의 질문이 무서운 게 아니라 아무것도 한 일 없이 되돌아가는 학교의, 희망을 묻지 않는 강제적인 보충수업 할 일, 무늬만 자율인 타율학습 감독할 일, 군민 체육대회에 응원하러 갈 일, 군교육청 장학지도를 위한 거짓 문서 만들기……, 기대는 금방 포기가 됩니다.
　　―「학교에 가고 싶다」 부분

"성명서를 쓰"며, 단식과 삭발 투쟁으로 살아온 그가 4년 가까운 노조 전임자 생활을 끝내고 그토록 돌아가고 싶어 했던 교단은 여전히 정체된 공간으로 다가온다. 「北川日記」 연작은 그의 교단 적응일기라고 볼 수 있다. "나 다시 선생을 하러 여기 왔다"로 시작하는 「北川日記」 연작은 굳이 주소도 필요 없는

둔지마을 자취방에 깃들면서, 가족과 떨어진 외로움
을 아이들에 대한 기대로 덮으며 살아가지만, 현실
이란 늘 어긋나게 마련이어서 기대는 갈등으로 깊어
지기도 한다.

산골 마을 중학교 1학년 아이들과 버스 세 대 나누어 타고
용인 에버랜드로 봄소풍을 갑니다
봄소풍이란 말 대신 현장체험학습이라는 말이
그 자리를 차지해 어리둥절하지만
아랑곳없다는 듯 아이들은
쏜살같이 놀이기구 앞에 줄을 섭니다
아이들은 아무래도 좋은 모양입니다
나는 자꾸 봄소풍이라고, 노란 다꾸앙 물이 묻어나던
나무 도시락을 떠올리며 봄소풍, 봄소풍 뇌까려 보지만
저렇게 많은 평일의 자본주의 앞에서는 그만 기가 죽습니다
돌아가는 길에는 자본주의를 가르쳐야지 했던 계획도 접
습니다
아이들은 뿔뿔이 흩어지고
바람에 날리는 꽃잎처럼 놀이터를 배회하다가
침팬지와 오랑우탄을 만나 몇 마디 얘기를 나누었습니다
몇 가지나 탔냐는 아이들의 물음에는
무서워서라는 말 대신 재미없어서라고 거짓 답을 했습니다

김밥 돌돌 말아 봄물소리 또랑또랑한 계곡으로

봄소풍 가고 싶습니다
—「北川日記 4 - 봄소풍」 전문

산골 계곡에서 아이들과 몸 부대끼며 정을 나누는
것은 현실에서는 더 이상 소풍이 아니다. 용인 에버
랜드라는, 시간과 돈과 아이들의 영혼을 빨아들이는
거대한 자본주의 놀이터에서 그는 인간적인 정의 소
통 상실을 경험하고 "침팬지와 오랑우탄을 만나 몇
마디 얘기를 나누"고 돌아선다. 지각을 했다는 이유
로 "오리걸음을 하"는, 짓밟히는 아이들의 인권유린
현장을 무기력하게 "비관적으로" "관망"할 수밖에
없는 것이다. 그것이 학교의 현실이다.

너희들은 그렇게 자조적으로 오리걸음을 하고
나는 또 이렇게 비관적으로 너희들을 관망한다

생각만 깊어 미안하다
—「北川日記 8 - 오리걸음 하는 너희들에게」 부분

그를 둘러싼 현실은 그가 꿈꾸던 평화로운 교사 생
활을 가로막는 갈등의 공간으로 작용한다. 그래도
그는 희망의 끈을 놓지 않는다. 그 희망은 투쟁으로
나타나기도 하고, 진정한 교사란 어떤 것인가에 대
한 자각으로 이어지기도 한다.

벌초하고 돌아오는 길에 외삼촌께 들렀더니

강냉이 농사는 잘 지었냐며 열무 씨 한 봉지 다시 내어 주
시길래

참 이상해요, 그늘진 데 사는 놈들이 어째 키가 더 커요, 하니

그놈들이 햇볕을 받으려고 그러는 게지,

이치를 모르는 무식한 선생에게 강편치 한 방 날리십니다

이왕에 선생을 하려거든 씨앗 같은 선생이 되라는 뜻이겠
지요

— 「씨앗은 위대하다」 부분

수령을 거부하여

되돌려 보내긴 했지만

집시법 위반으로

경고장을 받는다

전과 한 줄 또 늘었다

목련꽃 이파리

까맣게 떨어지는 봄날

황사보다 누렇게 마음이 뜬다

집시법을 위반한 선생과

아직은 그것을 모르는 아이들이

봄소풍 길, 어깨동무를 하고

노래를 불렀다

하얀 싸리꽃처럼 우리,
강변에서 흔들렸다

어제와 다르게 피어나는
아이들에게서 이 봄
노래를 배운다, 희망이다
—「봄, 황사」 전문

　그리하여 그는 교육노동자로서 당당한 삶을 살아가면서도 끝내 어쩔 수 없는 고민과 갈등을 함께 진술한다. 그의 시가 신뢰감을 높이는 것은 인간적인 면모를 그대로 보여주는 데 있다. 황사처럼 누런 마음과 흐린 세상이지만, 아이들과 함께 노래를 부르며, 진정한 봄이 오기를, 그 봄은 아이들뿐이라는 희망으로 울분을 삭힌다. 농사의 이치와 교육의 이치, 아니 더 나아가 세상의 이치가 그러해야 한다는 것을 배우는 것, 그것이 그가 교사로서 또 시인으로서 서 있는 자리이다. 그의 갈등은 존재를 배신하지 않고자 하는 자각의 힘과 그것들을 투쟁을 통하여 승화시켜야 한다는 역사적 의무감의 충돌에 있다. 그러나 결코 패배주의로 귀착하지 않는 것, 이것이 바로 시인의 힘이다.

4

　시를 이해하기 위하여 시인의 생애를 꼭 알아야 할 필요는 없지만, 그 생애가 담긴 작품을 제대로 이해하기 위해서는 그 시인이 살아가고 있는 시대를 파악해 볼 필요가 있다. 특히, 시대를 고뇌하면서 시대와 끊임없는 대결의지를 보이는 작품에서는 더욱 그러하다. 그는 스스로에게 질문과 반성을 던지는 자각의 시인이다. 그의 시가 보여주는 몇 구절만 대충 보아도 그가 얼마나 철저하게 자신을 휘몰아가는지를 확인할 수 있다.

"내가 과연 시인인가"
―「上林을 생각한다」
"나는 누구의 아침을 여는/ 따뜻한 기사 한 줄이 될까"
―「종이는 따뜻하다」
"내 천박한 자본주의는 언제쯤/ 욕심을 버릴, 수는 있을까"
―「옥탑방 1」
"너무 오랜 세월 물렁물렁 살아온 내가"
―「얼음골 오여사네 민박에서 하루」
"나는 우익인가 (……) 앞은 보되 뒤는 보지 못하는"
―「陳田寺址에 가다」
"앞으로 나아간다는 것/ 그게 무얼까 중얼거리면서"
―「밤길」

자신에게 엄격하고 남에게는 너그럽게 살고자 하
는 시인은 수많은 질문과 여행을 통하여 스스로 해
답을 찾아간다. 여행은 좁은 일상을 벗어나 많은 사
람과 사물을 만나고, 그 만남을 통하여 자신의 내적
성숙의 계기를 마련한다.

그의 시집을 열면 수많은 투쟁의 기록들이 나온다.
"집시법 위반으로 경고장을 받"고, "농성장"에서는
"신문지를 덮"고 잠을 청하기도 하고, "풀무원" "엄
마 노동자들"의 파업투쟁에 연대하면서는 노동자의
절규를 몸으로 배우고 실천한다. 그런가 하면 "조국
이 자랑하는 정보화 세계화의 아침"에 인권을 유린
당하는 아이들을 만나고, "모니터 속에서 절규하는
한 청년의 이라크 파병반대 목소리를" 만나고, 효순
이 미선이의 죽음과 눈물을 만나고, 베트남 처녀를
인신매매하는 자본주의의 추악한 플래카드를 만나
면서 그는 분노하여 외친다. "세상은 왜 감탄만으로
살 수 없는 것이냐"고.

미국은 우리에게 아름다운 우방이 아니었다고,

그래서 미선이 효순이를 실수로 죽인 것이

아니라는 것을 깨닫기까지는

풀피리 같은 아이들에게 이 노래 불러주어야 한다

뜨거운 맹세가 될 때까지,

새날이 올 때까지,

부르고 또 불러야 한다
　　―「노래, 임을 위한 행진곡」 부분

　자본주의의 체제를 유지하는 무기는 시장과 전쟁
이다. 이라크 침략에서 보듯이 자본은 이윤 창출이
힘들어지면 전쟁을 도발한다. 뿐만 아니라 제3세계
시장의 강제 개방과 확대를 위해서는 폭력도 서슴지
않는다. 김선일 씨의 참수 사건과 효순이 미선이의
살해 사건은 많은 사람들에게 충격을 주었다. 이러
한 비극이 더 이상 초래되지 않도록 우리는 좀 더 강
해지지 않으면 안 된다. 그리하여 그는 노동자가 주
인되는 민중해방을 꿈꾸며, 미국을 비롯한 자본주의
제국의 횡포에 분노의 칼날을 벼리면서, 무엇보다도
"계급을 버리는" 사람들을 안타까워하며, 그 자신
투사가 될 것임을 공공연히 작품을 통하여 단호하게
선언한다.

　"걸개를 올리고,/ 플래카드를 걸고,/ 가죽이 찢어져라 북
을 내리치고,/ 그것도 모자라 머리카락을 잘라 던진다"
　　―「농성」
　"수염이 세는 나이, 그렇더라도, 그렇더라도, 성명서처럼
살아야 한다"
　　―「성명서를 쓰다」
　"죽을 각오를 하는 자만이/ 제일 먼저 문을 여는/ 자유를

갖는다"
　　—「문」

　투쟁에 관한 그의 시들의 일부는 다소 거칠고 설익은 구호로, 시적 섬세함이 떨어져 보이기도 하지만 시인의 진정성 앞에서는 큰 흠결이 되지 않는다. 그러나 진정성이 시의 훌륭한 덕목의 하나라 할지라도, 시대에 대한 냉철한 분석과 인간을 향한 더 깊어진 눈빛으로 독자들의 정서를 적셔주는 울림이 때론 더 효과적이지 않을까 생각된다.

　　딸아이가 고대하던 오늘은 빼빼로데이
　　아비는 삼만 노동형제들과 함께
　　마포다리 위에 누웠구나
　　삼만 개의 빼빼로가 누웠구나

　　이제 나를 버려 동지를 사자

　　서울 하늘이 눈부실 때도 있구나,
　　손나팔을 만들어 하늘에 소리친다
　　차가 멈추어 선다 기계가 멈추어 선다
　　그런데 아직도 노동자는 인간 이하구나

　　민대머리 국회의사당은 불철주야 명사지만

노동자는 언제나 동사로 산다
움직씨로 살기 위해 여기,
성수대교 옆 마포대교 위에
또다시 몸을 눕힌다

서울도 가을이구나
―「마포대교 위에 눕다」 전문

"딸아이가 고대하던 오늘은" 11월 11일 "빼빼로데이", 시인은 "삼만 노동형제들과 함께 마포다리 위에 누워" 딸과 함께 못한 미안함을 감추고 노동자로서의 철저한 자각으로 "손나팔"을 분다. 이 세상을 건설한 것은 노동자들이다. 노동자들이 일손을 놓으면 세상이 멈춘다는 단순한 사실을, 노동자의 역사적 책무와 사명을, 연대를 통하여 몸으로 배운다. 삶에 다치고 지친 노동자들이 언제 하늘을 올려다 볼 기회나 있었겠는가. 잠시 동안의 다리 점거 농성이지만, 가을 하늘의 아름다움, 그 속에서 노동자가 인간답게 대접 받는 세상을 꿈꾸는 이 시는 처연하지만 아름답다.

5

지금 현대자본주의는 노동 유연화, 탈규제화, 세계

화로 지칭되는 신자유주의라는 이름으로 복지국가
와 정책 해체를 중심으로 한 초국적 공세를 통하여
자본 우위의 일방적 계급역관계를 구축하고 있다.
초국적 자본의 지배에 편승한 국내독점자본 역시 노
동에 대한 착취와 노동운동에 대한 탄압을 강화하고
있다. 특히 1997년 말 경제위기(부채위기)로 시작된
경제식민통치는 구조조정을 가속화시켰다. 노동유
연화 정책으로 실업자를 양산하였고 비정규직을 확
대하였으며 이들은 상시적 고용불안과 임금 차별로
삶의 중압감을 이겨내기 힘든 지경에 이르고 있다.
노동운동의 핵심이라고 할 노동시장의 불균형이 심
화되고 있는 것이다. 1천만에 가까운 비정규직 양산
과 사회적 양극화, 노사관계 로드맵, 한·미 FTA 협
정 같은 문제는 우리의 삶에 직접적으로 영향을 미
치고 있는 것이다. 급기야 미국의 배후 지원을 등에
업고 이스라엘이 레바논을 침공했다. 자본의 침체를
전쟁 도발로 돌파하려는 패권적 전략은 전 세계 노
동자계급의 강한 저항에 부딪힐 것이다. 신자유주의
공세가 강해질수록 자본의 분할지배와 착취 구조를
끝장내기 위해서는 노동자계급의 연대가 필요하다.
그러기 위해서 우리는, 시인들은, 독자들은 현 시점
에서 어떤 자세를 취해야 할 것인가.

　그런 의미에서 이 엄혹한 시기에 발간되는 권혁소

의 시집 『과업』이 지향하는 반자본주의 선언은 매우 의의가 깊다 하겠다. 새로운 사회 건설이나 인간해방의 실현을 꿈꾸는 시인을, 사람들을, 과거의 환영을 붙잡고 있다고 비난해서는 안 된다. 애써 현실의 모순을 회피한다고 하여 해결되었던 문제가 세상 어디에 있었던가.

"나 결코 장난으로 죽지 않으리라"
나는 든든한 희망을 느낀다. 그는 언제나 노동계급의 대단결을 실천하기 위하여 흔들리는 자신을 추스르며 오늘도, 내일도 열심히 "좌회전"하는 삶을 살아갈 것이기 때문이다.

삶의 시선 019

과업

초판발행 | 2006년 8월 22일

지은이 | 권혁소
편집인 | 박일환
편집주간 | 김영숙
편집부 | 한고규선 엄기수
펴낸곳 | 도서출판 **삶이 보이는 창**
등록번호 | 제18-48호
등록일자 | 1997년 12월 26일

(152-872) 서울시 영등포구 대림1동 929-5(2층)
전화 | (02) 848-3097   팩스 | (02) 848-3094
홈페이지 | www.samchang.or.kr

값 6,000원
ⓒ 권혁소, 2006. Printed in Seoul, Korea.

ISBN 89-90492-33-5 03810